VIOLETAS E PAVÕES

Obras do autor

234
33 contos escolhidos
Abismo de rosas
Ah, é?
Arara bêbada
Capitu sou eu
Cemitério de elefantes
Chorinho brejeiro
Contos eróticos
Crimes de paixão
Desastres de amor
Dinorá
Em busca de Curitiba perdida
Essas malditas mulheres
A faca no coração
Guerra conjugal
Lincha tarado
Macho não ganha flor
O maníaco do olho verde
Meu querido assassino
Mistérios de Curitiba
Morte na praça
Novelas nada exemplares
Pão e sangue
O pássaro de cinco asas
Pico na veia
A polaquinha
O rei da terra
Rita Ritinha Ritona
A trombeta do anjo vingador
O vampiro de Curitiba
Violetas e pavões
Virgem louca, loucos beijos

DALTON TREVISAN

VIOLETAS E PAVÕES

EDITORA RECORD
RIO DE JANEIRO • SÃO PAULO
2009

CIP-BRASIL. CATALOGAÇÃO-NA-FONTE
SINDICATO NACIONAL DOS EDITORES DE LIVROS, RJ

T739v
    Trevisan, Dalton
    Violetas e pavões / Dalton Trevisan. – Rio de Janeiro: Record, 2009.

    ISBN 978-85-01-08702-7

    1. Conto brasileiro. I. Título.

09-3296
    CDD: 869.93
    CDU: 821.134.3(81)-3

Copyright © 2009 by Dalton Trevisan

Capa: Sobre gravura de José Guadalupe Posada

Texto revisado segundo o Novo Acordo Ortográfico da Língua Portuguesa.

Direitos exclusivos desta edição reservados pela
EDITORA RECORD LTDA.
Rua Argentina 171 – Rio de Janeiro, RJ – 20921-380 – Tel.: 2585-2000

Impresso no Brasil

ISBN 978-85-01-08702-7

PEDIDOS PELO REEMBOLSO POSTAL
Caixa Postal 23.052 – Rio de Janeiro, RJ – 20922-970

Sumário

Mocinha Perdida de Amor   7
Não Conheço a Evinha   13
A Desgraça de Zeno   15
A Culpada   23
Amor, Amor, Abra as Asas   27
Essa Tal Ana   33
Aprendiz de Traficante   35
O Recibo   45
Na Virada da Noite   49
Violetas e Pavões   53
Essa Eu Ganhei   61
Não Sou o Buba   63
A Pensão   67
Misericórdia   69
Duzentos Ladrões   77
Cachaça e Pamonha   81
Tenha Uma Boa Noite!   85
Ele   93

Pivete   99
Lábios Vermelhos de Paixão   101
Uma Senhora   109
Elas Cantam Só Pra Mim   111

Dispensa mais uma vez ficar de joelho e mãozinha posta. Será Pablo Quintero o grande sonetista do amor?

Antes cuidasse das trocas mercantis. Arre, inspiração? Lugar-comum, frase feita, pobre vocabulário. Medíocre, mas de muito sentimento, seja lá o que isto significa.

À medida que virava as páginas, na busca de um único verso, sob o olhar emocionado da Denise, toda curiosidade e fascinação já se desvaneciam. Muito fino, muito culto, muito cavalheiro. Mas, ai de mim, muito mau poeta. E isso — aprendi com o senhor aqui citado — não merece perdão.

Decerto nada disse à minha amiga. Deixei que recitasse na voz tremida e me contentava em acenar de cabeça.

Ah, na mesma noite me desforrei. E fui reler vários textos em que o meu senhor me elegeu musa. Cantares? Odes? Baladas? Não sei a classificação certa.

Mas sei o que aconteceu.

Um cavalheiro, ele sim, chapéu na mão e três parágrafos de sete pequenas linhas.

Uma cantiga de amor, entoada com as palavras mais simples, explodiu o meu coração num arco-íris de borboletas em revoada — uai, grande olho piscante de vaga-lume em cada uma das cinco asas.

Se abrindo todas em flor.

E me apaixonei.

O mesmo golpe da navalha de fogo que escancarou os olhos de Van Gogh para o amarelo dos seus trigais e o vermelhão da sua colcha na cama.

Fatal.

Euzinha em pedaços no remoinho de suspiros, gemidos, delícias, ecos, hinos, epifanias.

Mais o abismo, a febre, o chicotinho, o delírio, as pequenas mortes de êxtase e...

Epa, acabou o papel.

P.S. Mas não o meu amor.

Não Conheço a Evinha

não conheço nenhuma Evinha do Pó
nem vendo droga
também não fui presa na Riachuelo
foi sim na Santos Andrade
eu tava passando mal
me sentei ali na calçada
não tinha droga comigo não senhor
chegou um tira
foi logo me apertando a garganta
caí de costa sem sentido
acordei peladinha e descalça
no meio da rua
eles falaram pra me acalmar
eram só de conversa
daí o chefia disse que tava presa
botou a pulseira me trouxe pra cá
bateram com raiva lá na praça
pra que apontasse a tal Evinha

não mexo com droga nem quero saber
falaram que ia ficar presa
já tive outro processo mas fui solta
agora não me livro assim fácil
o Juiz é da condena
uma capa preta
da mesma cor do coração
nunca lidei com pó e pedra não senhor
tô grávida de sete pra oito meses
mas não posso ter parto normal
só cesariana
da última vez que fiquei na cadeia
o bebê morreu na barriga
judiação
o tadinho passou da hora de nascer

A Desgraça de Zeno

As pancadas fatais da desgraça na tua porta:
— Ó de casa! Ó de casa!
Três da manhã. Palmas e brados fortes lá fora.
— Ó de casa!
Acordo assustado, minha mulher ainda mais. É o polícia Souza. Um conhecido de vista. Ali mesmo, na varanda, faz um monte de perguntas.

Sim, o meu irmão Zeno era bom moço e batalhador. Certo, ainda que viciado. Não bebia nem era de briga. Fez dívidas de droga, eu sei, até cheguei a pagar algumas. Mas pequenas, o senhor sabe, uns cinquenta paus. Aconteceu alguma coisa com ele?

Daí contou que meu irmão tinha sofrido um acidente.
— Tá ferido?
— Não... Sinto muito. Morto, o pobre.
— Barbina! Não pode ser. Ainda ontem...
— Assassinado.

Nos levou na viatura até o lugar, minha mulher foi junto. Madrugada fria de junho. Mais de quinze pessoas estavam por ali. Esfregavam as mãos, alegrinhas — nenhuma delas era o morto.

Sem coragem de me chegar, falei pra Anita, agarrada ao meu braço:

— Assim a gente acaba. Um suspiro... Um ai... Já se foi!

Os polícias começaram a trabalhar. Separavam um tipo aqui, uma fulana ali. Assim foram pegando todos. Um serviço bonito, com empenho. Esse baixinho e gordinho aí, nem sei o nome, dum lado pro alto, falava alto e discutia.

Uma senhora veio até mim:

— Sei quem matou o teu irmão. Mas não posso dizer. Se apontar eles me apagam. Liguei pra polícia. Mas não falei quem eu era.

Mora sozinha. Se contasse decerto eles acabavam com ela. Uma bandidagem que mata sem dó.

De novo o polícia Souza:

— Antes que você veja... Eu quero te prevenir.

A ocorrência entrou no 190 por denúncia anônima. Gente suspeita arrastava um corpo pela rua da

Vila. Uma viatura deslocada para o local. Bastou seguir a trilha de sangue até a valeta onde o corpo foi desovado.

Arrastaram mais de cem metros, deixando uma sangueira medonha entre o saibro e o poeirão. O rastro acabava numa poça vermelha na vala rasa. Galhos e folhas mal escondiam o corpo. E, ali, na grande mancha de sangue, a pegada nítida do tênis do assassino.

— Nunca vi quadro igual. E não esperava esse fim prum conhecido.

A polícia sabia da casa 749 do tráfico ali perto. Foram até lá. Direto pelo caminho de sangue e os sinais de luta.

No quarteirão escuro a única de luz acesa.

A equipe rodeou quietinha. Daí um grito lá dentro:

— A polícia, turma. Sujou, é a polícia!

Um deles quis pular a janela e, quando viu o cerco, voltou. A casa foi invadida. Tinha ali dois tipos de olho vidrado, três mulheres e uma ou duas crianças. A tevê ligada, um monte de latas de cerveja pelo chão. Até salgadinho e pipoca.

No canto uma calça jeans — epa! a barra ainda molhada de sangue. Numa gaveta um revólver 38, outro

22, bastante munição. Armas e calça foram apreendidas. Isso pelas duas e meia da manhã.

De fora uma barraquinha. Lá dentro tênis de quinhentos paus, roupas de grife, tevê colorida, máquina de som. Tudo confiscado dos devedores do vício. Um micro que vale mil eu sei que os tais vendem por cem.

Claro que eles negaram tudo o tempo todo. Não sabiam. Não tinham nada a ver. Não apontaram ninguém.

Lá nunca ninguém fala.

Uma viatura rondava sempre por ali. Sabiam que era ponto de venda de drogas. E, pelos vizinhos, que a casa dum baixinho e gordinho. Um disse que era Nenê. Outro já falou Nenezinho.

Esse mesmo, quando isolavam o local, não é que chegou perguntando se tinha morrido alguém. E antes de saber, já espiando na direção da valeta. Uma geral de rotina e foi liberado.

Daí passou a discutir com a equipe — por que essa violência na revista? Até que a mãe dele se intrometeu:

— Pô, para com isso, meu filho. Cala a boca, Nenê!

O cara total chapado. Como se pedisse para ser preso. Já ia saindo, puxado pela velha. Epa! o cabo Jonas viu o tênis sujo de sangue. E avisou:

— Cuidado com o baixinho. Atenção aqui ao baixinho!

Logo teve de parar. Foi enquadrado e preso. Havia trocado, sim, de roupa. Ainda bem esqueceu o vistoso tênis branco e preto. O sulco na sola conferia com a pegada ao lado do corpo.

Eu tinha demorado o mais que pude, ganhando coragem para enfrentar o pobre irmão morto — um vulto retorcido ali de borco na vala. Erguida a fita amarela que isolava o local, senti a mão de Nita me apertando o braço. Assim que chegamos perto, ela meio que gritou, a mão na boca:

— Olha, bem, ele tá vivo... Veja, até mexendo a cabeça! Tá vivo!

Me inclino e — oh, não — afogo um engulho: ali um ratão negro pinicando a orelha do meu querido irmão. Por isso balançava de leve a cabeça.

Um farfalhar de folhas secas e sumia no mato o longo rabinho gordo. Tive de sacudir a mulher, que não desmaiasse.

O belo rosto do Zeno destroçado e irreconhecível — uma posta moída de sangue e sujeira. Vítima da maldita gangue, apunhalado, chutado, golpeado com pau e pedra. Mais o arrastão no cascalho e no pó, faz tempo que não chove. Nariz esmagado. Os dentes de fora — um bloco de ouro — com as gengivas rasgadas e arreganhadas.

Bem que depois achei certo pagar trezentos paus para arrumar a cara dele.

— Como é que a nossa mãe ia ver ele? O filho preferido dela?

Apesar do horror e do frio, ficamos ali todo o tempo vigiando. Até que, a perna esmorecida, a Nita pediu para voltar.

Falei ao cabo Jonas que ia contratar advogado no processo. Avisou que não carecia, a condenação era certa.

— Veja bem. Não é opinião minha. É palavra de viciado. Gente com quem eu lido, vivem nas bocas de fumo, um até cunhado de minha irmã. Ele ouviu falar que os presos compram a fuga por três mil paus. E todo mundo lá sabe disso.

O polícia Souza nos conduziu de volta. Lembrei a perdição do meu irmão. Casado com uma loira muito bonita, mas que o enganava com um e outro. Ele soube e se separou. Sofreu demais com a traição.

Daí se junta com uma garota nova (nada de papel nem de igreja) e tiveram dois filhos. Cuidando da pequena lanchonete e quase feliz da vida.

Uma vizinha mexia com droga. Daí veio toda a desgraça. A garota se dava bem com a vizinha. E passou a vender droga com a tal. Uns polícias receberam a dica e foram até a casa.

A dona escondeu a droga no corpo. Obrigaram, ela não queria, mas entregou a bucha. Uai, veja. Ali na calcinha negra de renda fina!

O Zeno gostava demais da fulana. Assumiu que dele o pó e foi preso. Até então nunca havia usado.

Várias vezes levei comida e cigarro na delegacia. Não posso acusar ninguém. O tempo todo você cheirava a droga no ar. Ao sair, trazia a morrinha no cabelo e na roupa. O meu irmão foi solto e depois disso é que se viciou.

Era pó e pedra aqui e ali. E a mãe corria atrás daqui e dali. Assim o Zeno se perdeu. Pronto a garota largava dele. E a mãe o levou para os fundos da casa.

A outra foi viver a vida do tráfico. O pobre gemia com o abandono dos filhos. E — vidro no olho, o polegar mal chamuscado — se queimou todinho, ele mesmo uma pedra.

Já não pagava no prazo. Dívida de traficante não tem perdão. Cheguei a acertar algumas. Aqui cinquenta paus, o senhor sabe, ali um pouco mais.

Só de uma coisa não me conformo. Por que eles não entraram em contato? Eu podia assumir ou coisa assim. E agora o Zeno estava aqui, vivo, rindo com todos os dentes, já pensou?

Na porta nos despedimos do polícia Souza. A minha mulher ofereceu um cafezinho. Muito tarde, cinco e meia da manhã, ele não aceitou.

Já deitados, chorei de soluçar nos braços quentinhos da Nita. Tanto desespero, tão grande angústia — a ratazana da morte belisca no escuro a tua orelha esquerda —, acabamos fazendo amor.

Daquela noite nasceu o meu segundo filho. Zeno.

A Culpada

tudo foi culpa da mulher
ficando em casa nada acontecia
bem na noite do cursinho dela
agora com a mania de aula
antes cuidasse do maridinho
na noite dessa desgraça
nem lembro por quê
meio sem querer
passei a mão na menina
sim bolinei ela
foi só um pouquinho
depois levantei e caí fora
isso aconteceu apenas uma vez
a culpa já sabe de quem
tava sozinho com a enteada
filha dela sei lá com quem
daí bolinei a menina
todo mundo sabe o que é

quer dizer
pego o meu pinto assim
encosto nela na coisinha dela
tava de vestido branco
uns pingos de café com leite
só afasto a calcinha pro lado
aí esfrego um pouco
bem quietinha nem um pio
eu que desisti
foi só isso mais nada
não deu nem cinco minutos
qual é imagina
gozei pô nenhuma
até acho que não se assustou
muda olhinho parado
sem bulir no canto do sofá
não sei por que fiz isso
foi de repente sem pensar
não era eu
outra pessoa diferente
tudo sem violência
não dei nenhuma ordem
a gente assistindo a tevê

um programa chatinho chatinho
isso numa quinta-feira
dia seguinte foi dormir na casa da avó
daí ela contou
sem ninguém perguntar
acho que cinco aninhos por aí
não se assustou nem chorou
só fiz isso e só uma vez
com essa única menina
me sinto um homem perdido
mais que acabado
daí a mulher me botou pra fora
tudo aconteceu por culpa dela
mania de grandeza
com aula a semana inteira
sete às dez da noite
em vez de ficar obediente
bem sentadinha
no colo do homem da casa

Amor, Amor, Abra as Asas

Morzinho, você me fala de vozes. Também eu escuto. Não muitas. E, sim, uma só. No chuveiro, na lanchonete, em sonho, lá está ela, me soprando aliciante ao ouvido. Sempre a mesma. Sabe o que diz?

Nada de perífrase (vício de certa pessoinha) e circunlóquio. Ao pedir um carinho proibido (ora, proibido? não existe, pra quem se gosta), dispensa invocar Sócrates, demônio interior, sei lá. Onde eufemismo — como direi? como dirás? — da gentil palavrinha porca?

A tal voz — seja de quem for — é simples e direta:

E agora, putinha, o que você quer? Um beijo, dois tabefes, uma bolina furtiva? E a mão esperta na face oculta da coxa lavada em sete águas, você quer? Sim. Diga sim. Fala, porra.

Ai, quero, eu suspiro. O que você quer, docinho? O abismo, nego meu, o chicote, o delírio, morta mortinha de gozo. Me desnude com as palavras, com a língua, com a pontinha do terceiro quirodáctilo.

E insiste a voz em surdina:

Levante uma ponta da saia xadrez plissada. Empine a nalguinha. Rebole, sua vadia. Exiba esses mimos, prendas, graças. Diga que tá gostando.

Erga a blusa. Baixe a calcinha. Agora de joelho e mão posta. Peça perdão, ingrata, dos muitos enganos, cuidados e aflições.

Solte o cabelo. Fundas olheiras do lápis bem negro? Mostre a linguinha. Lábio pintado — ah, não é vermelho-paixão? Sem desculpa. Comece tudo de novo.

De novo, corra o fecho. Retire, epa! cuidado. Ponha todinho (aqui outrora retumbaram hinos) na boca. Não, só a pontinha. De novo. Mais devagar. Morda. Não com os dentes. Bem assim.

Ai de mim, voz dura e poderosa:

Fique de quatro. Licença poética ou não: abra a perninha. Faça gostoso. Olhe pra mim, bem aberto. Não pisque. Peça. Sim. Quer tudo. Sim. O que uma putinha de rua não. Isso que você é. Uma rampeira bandida.

Devagarinho. Agora mexa. Tudo a que tenho direito. Quer mais? Minha Modigliani nua de bolso. Do que você gosta, mãe santíssima dos Gracos?

Ah, é?

Nadinha de circunlóquio e perífrase? Prefere receber — com perdão da palavra — no cravo rosáceo violeta? Do aflito e danado ouçam o claro canto de alegria. Todinho meu, anjo? Só meu? Urrê!

Peça mais. Peça tudo. Fale, sua viada. Grite, porra, aos berros.

Agora sofra inteiro o obelisco de fogo e mel. Gema, bandida, suspire. Mais alto. Me dá essa boca e esse peitinho.

Quero esse rabinho empinado. Monte, esporeie, galope. Ranja os dentes, ó divina! Amor, amor, abra as asas sobre mim. Tuas redondas asas calipígias. E arrebate, sim, em voo cego sobre os telhados a face do abismo as baleias.

Ainda aos cochichos, a secreta voz:

Se declara minha odalisca do prazer. Para todo serviço graduada mestra e doutora. Me fez, isso sim, o escravo de mil perversões e delírios.

Tarado, eu? Quem me dera. Antes vítima e joguete da tua luxúria louca — ó vampira desgraciada do meu coração!

Quer apanhar? Uns tapas estalados na tua gulosa boca vertical? Disso que você gosta? Do chicotinho com sete nós cegos? Pois vai ganhar. E já.

É isso, Messalina cachorra e viciosa. Cleópatra rainha do boquete que provoca as devastadoras inundações do Rio Nilo e fertiliza copiosamente as suas margens.

Doeu? É pra doer, sua vagabunda. Ai, prêmio e tormento da minha vida. Me beije. Morda (ai, ai, os dentes, não). Abocanhe.

Chame de puto, corno, safado, escroto, bandalho.

No alto das tuas coxas portentosas, aleluia, aleluia! entre róseas dunas movediças a secreta fonte de êxtase e delícia já se revela. Danação? ou direi redenção? da minha...

Sem piedade, ó famélica noivinha louva-a-deus, faça de mim o teu suculento banquete nupcial.

Ai, doçura, como é apertadinha. Bendita seja. Não mereço, mas agradeço. Estrangule. Me afogue. Mais e tanto...

Ai, ai, Juriti! Vejo anjos.
Ouço hinos.
(Um soluço.)

Bem assim geme e suspira a desconhecida voz. Me perturba, a toda hora onipresente. Jamais dá sossego. É terrível, morzinho. O que fazer? E você, aí, tão perto e tão longe, não me acode.

A quem ela pertence? Você tudo sabe. Então me diga. Exija que me deixe em paz.

E o dono dela, seja quem for, quero muito conhecer. Venha prestíssimo me visitar. Agorinha mesmo. Já. Já.

Aqui está ela. Eu não disse? Quem pode ser? Bem me lembra certa pessoinha. Sei, não. Perífrase, querido? Circunlóquio, meu amor? Eufemismo, como direi? como dirás?

E a voz insiste, pede, reclama, exige. Diga que sim. Fale, porra. Sim. Peça mais. Peça tudo. Grite, porra, aos berros.

E como não obedecer?

Ai, quero, eu suspiro.

O que você quer, docinho?

O abismo, nego meu, o teu chicote, o delírio, morta mortinha...

Essa Tal Ana

essa tal Ana é mulher da vida
sempre me pagava certinho
pela compra de joia e perfume
nadinha de droga não senhor
ela tem três filhos perdidos por aí
no dia que o Edu foi preso
Ana cuidava deles
aí abandonou as crianças
largou tudo que tava lá
sumiu no meio do nada
eu não desconfiava agora fiquei sabendo
ela vendia pó e pedra sim senhor
o Edu que fornecia
se dava como segurança de boate
dormindo o dia inteiro
só negócio na sombra
além da Ana tinha outra amásia
o nome parece que Preta ou Pretinha

essa aí é do crime
assaltante e garota de programa
eu conheço lá das quebradas da noite
uma vez me passou uma nota fajuta
de cinquentão
quando reclamei só me encarava feio
acha que sou de brincadeira acha?
daí fiquei bem quieta
agora a gente se encontra
finjo que não vejo
essa aí tem sangue no olho

Aprendiz de Traficante

Como eu me envolvi com o Índio? Fui apresentada por uma amiga, Gina. Engraçado, nem sei o sobrenome. Costumava traficar. De ônibus pra cá pra lá. Levava na bolsa, nenhuma vez foi revistada. E nunca trazia mais de um quilo.

Eu tinha sido candidata a vereadora e, por desgraça, não me elegi. Com dois filhos e devendo muito, passava dificuldade. Daí ela me propôs que fosse eu também traficar. No momento, não aceitei.

Passados uns três meses, em fevereiro por aí, Gina ficou bem doente. Fez uma cirurgia no útero e a situação era precária. Então resolvi ajudá-la. Mesmo assim enferma, foi comigo até a Bolívia para me apresentar ao Índio.

Lá chegando, ele não aceitou entregar a droga, uma vez que não me conhecia. E quis que ficasse, saber melhor quem eu era. Segui com ele para uma chácara perto de Quijara. Tempo bastante, sei lá, não lembro quanto. Acho que uns dois meses, até lhe ganhar a confiança. Me tratou bem, mas eu estava aflita pelos filhos, aos cuidados da minha mãe velhinha. Na época eu já separada do marido, um grandíssimo vigarista.

Como chorava de saudade, o Índio mandou trazer um dos meninos em visita. Veio também a Gina com a filha e ficaram uma semana. O meu piá segurei comigo.

Afinal o Índio pegou confiança. Sou apessoada, tenho bom vocabulário e presença de espírito. Ele mal falava uns palavrões em português.

Então me entregou oito quilos de pó. Minto: a mim e ao Paquito, um seu cupincha. Esse trouxe os pacotes no fundo falso de uma caminhonete cinza. Eu vim de ônibus.

Quando desci na rodoviária, ele estava esperando. O nosso contato em Curitiba era um tal Buba. Dali mesmo ligou avisando que a encomenda tinha chegado. Combinaram a entrega no dia seguinte. Eu fiquei no Hotel Colombo e o Paquito não sei onde.

No outro dia o telefone tocou. Duas pessoas me esperavam no saguão. Desci e lá estavam o Paquito e esse Buba, um rapaz de trinta anos, por aí, cavanhaque e cabelo curto. Pode ser que tenha mudado, já faz algum tempo. Ele nos guiou até um motel bem perto no caminho das praias.

Lá o Paquito mostrava o fundo falso. Eu entreguei ao Buba os oito quilos bem enroladinhos no plástico. Ele provou com uma piscadela de olho:

— Essa é da boa!

Fomos saindo quando vi num carro azul o que parecia casal de namorados. Só que não era casal nenhum.

Dele desceram um senhor de boné preto e um jovem de colete da polícia. O moço já de arma na mão e o outro de revólver na cinta. O primeiro veio gritando e apontando o ferro, desses grandes:

— Ninguém se mexe. É a polícia! Quietinhos aí. É a polícia!

Mandaram a gente entrar no carro deles. O moço pegou o volante da caminhonete. Adiante, num pátio grande e redondo, fomos revistados. Do Paquito confiscaram um revólver pequenininho. Ele ainda quis reclamar, mas desistiu.

Daí o moço ligou para um número que o Paquito, depois de uns tapas e trancos, forneceu. E falava assim:

— Oi, Chefe Garcia. Aqui é o Silva da Furtão. Estou com duas pessoas e um pacote de coca. Quero cem mil pra liberar tudo. Manda alguém trazer aqui essa quantia que eu solto o teu pessoal.

Passado um tempinho, atendeu o celular. Pela conversa dava para entender que o acerto foi cinquenta mil mais um carrão novinho. O parceiro aprovou com a cabeça. E se voltando pra nós três:

— Vocês aí. Podem cair fora. O pacote fica. E boquinha fechada. Ou já sabem o que acontece!

Desesperada, meio de joelho, eu pedi:

— Me prenda ou mate, por favor. O meu filho é refém do Índio na Bolívia. Como explico que, sem droga e sem dinheiro, estou livre?

Chorando e suplicando:

— Antes morta ou presa. Tenha piedade de uma pobre mãe!

Sensibilizado, ele mandou o Paquito me deixar no hotel, onde o dinheiro seria entregue sem falta, depois do acerto com o tal Chefe Garcia.

Lá fui eu com o Paquito (epa! e o Buba? cadê o Buba?), que em seguida também ele sumiu. Dia seguinte esperei e cansei de esperar. Você apareceu? Nem o tal polícia.

Era dia 9 de maio e eu sem um tostão. Na lista telefônica vi o endereço da Delegacia de Furtos. Rondei no pátio todos os carros, nenhum parecido com o azul.

Na recepção perguntei se o delegado Silva estava. No momento, não. Até quatro da tarde eu lá esperando que chegasse. E ele não chegou. Ainda essa hora, boba de mim, acreditava na promessa do dinheiro.

Cedinho no dia 10, voltei, pergunto na recepção. Sim, ele estava. Bati na porta, uma voz mandou entrar:

Tanta surpresa, quase desmaiei — o delegado Silva era outro. Não o do boné e da coca.

— O senhor que é o delegado Silva?!

Ele confirmou. Só que, antes de eu falar, já sabia de tudo.

— Ah, e a senhora é a Stela? Que trouxe oito quilos de pó.

Trêmula de susto, forçada a me sentar.

— E pediu que fosse presa ou morta?

Ele sabia tudinho. E mais ainda do que eu imaginava.

— A senhora é esposa do Morais, certo?

Daí, sim, eu gelei. Uma vez o Índio me perguntou o nome do marido. Respondi Morais, eu menti, foi o primeiro nome que veio.

E o delegado sabia. Como era possível?

— Quero que me acompanhe até a Polícia Federal para depoimento. E assim limpar o meu nome, que foi usado em operação secreta.

Quando entrava no carro, ressabiada, eu falei:

— Olha, doutor. Escrevi uma carta com toda a história. O roubo da droga por esses dois falsos polícias e tudo. E deixei com um padre meu conhecido. Se acontecer alguma coisa comigo, ele entrega para os jornais.

Já não confiava muito nele e sentia de repente muito medo.

Bem quis saber quem era o padre, a igreja, o endereço, mas não fui boba. Quietinha fiquei.

Sorriu. Que eu não tivesse receio. Conhecendo o meu drama, só pretendia ajudar. Era delegado de verdade.

E era mesmo. Da Polícia Federal, onde contei a história inteirinha, me levou à Delegacia de Entorpecentes.

Lá fui bem atendida pela doutora Leila. Depois de me ouvir, aceitou o pedido de manter detida. Assim com tempo ela também de averiguar a verdade. E o Índio, ciente da prisão, nada faria ao meu pobre filhinho.

No álbum de mil rostos que me apresentou não reconheci os tipos do boné e do colete. Seriam os tais da operação secreta?

Uma tarde apareceu um mocinho, enviado por não sei quem, exigindo que alegasse estar louca e assim anulava as minhas declarações. Ele garantia a minha liberdade. E muito bem gratificada.

Estava até concordando. Mas o exame de sanidade provou que era tudo menos doida.

Nunca mais vi o tal fulano. Desconfio que nem advogado. Antes um do vício — pálido e assustado, tremia o tempo todo.

Daí um promotor de óculo, nome Pedro, veio falar comigo. Me fez repetir os fatos e queria por força eu caísse em contradição:

— Você não é criança de se envolver inocente com droga. Se era pra ajudar a amiga, fizesse uma campanha. Foi candidata a vereadora. Sabia de muito expediente pra levantar dinheiro.

E assim por diante durante horas. Só guardei o primeiro nome, mas ele foi muito desagradável.

Fiquei numa sala isolada e ouvia demais o nome Rubicão. Os presos falavam dele na cela da frente. Era um grande fornecedor de droga. Nem sei quem é a criatura, mas achei bonito esse nome. Tão lindo que cobri de *Rubicão* uma página inteira do meu caderninho.

Até que, passado um mês, a doutora Leila me entregou o alvará de soltura. Agradeci muito e supliquei:

— Por favor, seja honesta comigo. O Índio está com o meu filho que amo demais. O que vai acontecer com a gente?

— Stela, também sou mãe de família. Sei o que está passando. Agora fique descansada. Volte pra casa. E ninguém mais pode te fazer mal.

Dois policiais, um homem e uma mulher, me acompanharam até a minha cidade no Mato Grosso.

Vez em quando toca o telefone. Nem gosto de atender. Uma voz grossa:

— Mulher, ainda tá aí? Cê vai morrer. Não fique sossegada. Teus dias tão contados!

Finjo que não me assusta:

— Ah, é? Não matou antes. E por que vai matar agora?

Mas não durmo tranquila. Ouvir essa voz disfarçada me faz mal. Todos mentiram pra mim. Um sorriso cínico você guarda na memória a vida toda.

Me escondo com parentes em outras cidades. Chegando na casa duma prima, ela pulou na minha frente:

— Some daqui, mulher de Deus. Bem depressa. Veio ordem de Curitiba pra te pegarem!

Não disse ordem de quem. Essa gente do tráfico é todo-poderosa. O Índio deve achar que sozinha desviei os oito pacotes.

Depois dessa aventura, aqui estou na pior. O meu moleque lá longe com o desgracido chefão. E do dinheirinho que ia ganhar, quatro mil paus, não vi nem um vintém.

O telefone toca. Antes que possa impedir, o pequeno atende:

— Com você, mãe.

Era de esperar.

— Mulher, cê ainda não sabe. Já tá morta e enterrada. Teus dias...

Eu sei, sim. Dívida com traficante não tem perdão. O fim dos meus dias. Medidos e numerados.

— Pode vir, cara. Sabe onde me encontrar. Daqui já não saio.

Perdida, me abraço com meu filho. Assim um pudesse proteger o outro da malvadeza deste mundo.

O Recibo

Naquele sábado, três da tarde, eu lidava sossegada em casa. Minha irmã fazia compras. Guardei umas blusas no armário. E ouvi palmas no portão.

Afastei a cortina da janela. Um moço de boné vermelho, que acenava e sorria. Perguntei o que desejava. Disse que era a encomenda de minha irmã. E mostrou uma capa de couro marrom para volante de carro.

Abri a porta e cruzei o jardim para atendê-lo. Entregou a capa. Minha irmã estava desprevenida na ocasião e iria deixar comigo o valor.

Respondi que de nada eu sabia. Ela não tinha falado em nenhum dinheiro. Ele podia levar a capa de volta e combinar outra hora.

Tudo bem, ele disse. Entregava a capa em confiança. Só pedia que escrevesse um bilhete para mostrar ao patrão. De novo eu quis devolver. Ele insistiu e, vendo que estava desconfiada, citou o nome e descreveu direitinho a minha irmã.

Daí entrei em casa pegar caneta e papel. Mas tive o cuidado de fechar a porta.

De volta ao portão, firmando o bloco na caixa de correio, rabisquei em três palavras o tal bilhete. Ele dobrou o papel e agradeceu muito a gentileza.

Então se informou dos vizinhos. Talvez estivessem interessados num daqueles acessórios. Na casa ao lado morava uma senhora gorda e perguntou por ela. E também do outro vizinho, um sujeito de barba e óculo. Respondi que, chegada havia pouco, difícil saber se estavam em casa.

O moço se despediu, exibindo o olhão verde e o dentinho de ouro. Foi até a casa da senhora e tocou a campainha. Eu voltei aos meus afazeres.

Pouco depois outra vez as palmas no portão. Ele havia ligado para o gerente. Concordava que deixasse a capa. Só pedia umas linhas tipo recibo, que a encomenda tinha sido entregue. Se desculpou mais uma vez pelo incômodo. Eu sabia, né, como são exigentes os patrões.

Fiz outro bilhete, com a palavra *recibo*, e assinei. Daí ele quis, por favor, um copo dágua. Tarde assim quente, né? E morria de sede.

Eu ia buscar. Que esperasse ali no portão. Abri a porta de casa e, quando cheguei na cozinha — a pia o copo a torneira —, quem estava atrás de mim?

Já não sorria. Me apertou firme o pescoço e, gaguejando, falou que não reagisse. Bem quieta e calada, senão esganava na hora.

Me arrastou para o quarto e jogou sobre a cadeira. Recolheu na velha mochila o celular, relógio de pulso, umas bijuterias, potes de creme, frascos de perfume (Deus, ó Deus, um bandido? noivo amoroso!) e...

Tentei correr, ele foi mais rápido.

Me derrubou desta vez na cama. Se não fizesse o que mandava, era morta ali mesmo. Já tinha matado uma. Não custava nada acabar com outra.

Me deu com força umas bofetadas. E foi arrancando a minha roupa.

Ficou todo vestido. Sempre de boné. Só baixou a calça.

Pedi e implorei que levasse tudo da casa. Só não fizesse nada comigo. Em resposta, ele virou pra trás a aba do boné. E me beijou pelo corpo. Chamava de puta e vadia.

Comecei a chorar baixinho. Mandou que calasse a boca. Ou seria pior. E desceu a minha calcinha.

Meia hora depois, ele se deu por satisfeito. Essa meia hora me assombraria cada minuto pelo resto da vida.

Daí se limpou no lençol. Ficou de costas para se ajeitar. Disse que tinha sido muito bom.

Pegou a mochila azul. Ia-se embora e que eu não gritasse nem nada. Ou voltava para acabar comigo.

Na pressa esqueceu de levar a maldita capa do volante de carro.

Na Virada da Noite

na virada da noite de Natal
eu tava na pior
longe da mulher e do filho
sem o puto dinheiro
isso eu justifico pro meu ato
larguei o emprego às seis e pouco
o pagamento só dia dez
na saída fiz um vale de cem paus
montei na bicicleta
subi a favela pra apanhar a droga
cinquenta paus de craque
comprei do gordão Carambola
um traficante da zona
lá não tem rua é um beco
nenhum número nos barracos
daí em casa tava só eu
a mãe lá fora lavando roupa
os papéis de alumínio ali na mesa

são de embrulhar doce e salgado
que ela faz pra vender
no quarto acendi a marica
só três graminhas pô
achei muito pouco
isso aí uso na hora no mesmo dia
de repente do meio do nada
os polícias entrando bem quietinhos
ninguém abriu a porta
gritaram comigo
chapado não respondia direito
outro que falava por mim
tô no craque mais de um ano
fui levado pra cinco igrejas
nenhum Jesus Cristinho me quis
lembro dum tal pastor Jonas
cê fique longe desse aí
só usuário nunca vendi não senhor
ganho quatrocentos reais na carteira
mais hora extra dá uns quinhentos
sou casado
agora sem a mulher
voltou pra casa dos pais

com o meu filhinho querido
no fumo e na pedra me perdi
o avesso de tudo o que fui
antes do vício um cara legal
tinha gosto me ver limpo no espelho
os papéis de alumínio lá na sala
nunca de enrolar pepita não senhor
a mãe que usa pros doces e salgados
tem muita gente que aprecia
a coitada oferece nas casas
e assim faz um dinheirinho

Violetas e Pavões

Caro Senhor,

Atrevo-me a escrever uma simples cartinha? Ousarei descascar uma laranja? Beber um copo dágua?

Suspiro gazeio grito. Me atrevo, sim.

Com batom vermelho-paixão rabisco estas pobres palavras. Porventura saberei as ordenanças do meu senhor? Peço emprestados o vocabulário e a mitologia dos personagens. Mais o delírio da tua luxúria louca.

Me dê o mote, que eu gloso — e gozo.

Eu a tua insônia de saltinho alto e bustiê dourado. O relampo cintilante dos mais secretos desejos. A orelha certa para frases liricamente porcas — e a tua navalha afiada de Van Gogh. Aqui, pardal! que abra o peito e o bico e — ó desgracido — cante.

Tua mão esquerda sustenta a minha cabeça, e a direita... ai! a direita que tanto me viaja, viaja, viaja. Abre botão, avança sinal, rompe decote, desfere beliscão, titila mamilo, colhe cereja, desfaz laço, fita, renda. De mansinho enrola o canto esquerdo da minissaia xadrez.

Ó esperta mão-boba que alisa e belisca as duas faces da minha lua cheia.

Ai, sim, caro senhor, por meio destas mal traçadas linhas suplico de joelho e mão posta que faça de mim o teu claro objeto de libertinagem. Assim encarno para o meu singelo Bentinho a duas vezes pérfida Capitu. Em retribuição beije morda se refocile na sarça ardente dos meus lábios e barbarize, por favor, a mais escrava de tuas Marias.

Ordene, que obedeço, cadelinha bem-ensinada. Qual a posição que mais te apetece? Ai de mim, se não acato as ordens! À mercê do castigo sem dó — e só não obedecerei para fruir o êxtase do tabefe palmada chicotinho de sete nós.

Sem esquecer o palavrão com nome de mãe e tudo.

E o céu também!

À passagem do senhor as violetas nas janelas, os pavões e as putinhas do Passeio Público te saúdam.

Que se instale o teu reinado, me deixe satisfazer as fantasias do mui fescenino Dom Pedro I das Marquesas — a língua bífida pra cá pra lá dardeja na crista da cabecinha e projeta impávido colosso o ponteiro único do teu relógio de sol.

Meia preta de rendinha e liga lilás somente na coxa *esquerda*.

E nada de calcinha sob o colante vestido vermelho (ui, credo, se mamãe me vê!).

Alma gêmea vagando e carpindo no encalço do teu falo ereto. Ouça como repica no meu coração o aflito queixume da xotinha babada. Esta sou eu. Arretada, sem-vergonha, perversa. Muito bandida. E cachorra no amor.

Me responda presto — qual deslumbre se iguala a soerguer o saiote branco franzido da garota de bundinha arrebitada? Os meus, os teus, os nossos catorze versos alexandrinos rematados com rima rica, bofete sonoro, canino cortante, báculo de brasa viva e mel.

Caríssimo senhor meu, prometo vinho forte capitoso entre as coxas, uma saia de algodão simplesinha, outra comprida com anágua e sete véus. E tal fúria fogosa que nem a Sulamita jamais teve pelo Salomão lá dela.

Pronta me disponho (mais um dos teus bizarros caprichos?) a refazer na clínica a dupla franja das carúnculas mirtiformes e, ai de mim! pelo senhor e só o senhor — a primeira, sim, a vez primíssima! — deflorada estuprada crucificada.

Venha se banhar nas muitas águas do Rio Belém do teu sonho de piá.

Com o prêmio de todos os lambarizinhos de rabo dourado.

Se te aprouver, quebro o cofrinho de louça e zerando as pobres economias compro aquela calcinha de rendas, laços e fitas da vitrina.

Na última fileira do Cine Ópera te espero, duas coxas lisinhas à mostra, ungidas em mirra e alecrim, uai! fosforescentes na penumbra.

Sou a Rikinha latindo e correndo na grama para alcançar a sombra do passarinho. O senhor fagueiro no voo, eu a saltar no vazio da tua sombra intangível.

Me inscrevo no curso intensivo de dança do ventre.

Enrolo numa trança o longo cabelo loiro, devassando graciosamente a nuca para a tua cúspide fatal.

Ou, prenda de enamorada, recorto com máquina zero em tão preciosa cabeleira as iniciais do meu bem provido cafetão.

No saltinho agulha sapateio e canto sob a chuva nas malditas calçadas derrapantes de Curitiba.

Consinto gemendinha ser amarrada na guarda da cama.

Numa fila de ônibus às seis da tarde na Praça Tiradentes (o senhor de chapéu, óculo escuro e, ai, sim! peladinho sob a capa preta) no teu falo felação faço.

Pinto de arco-íris as unhas do pé.

Devoro montanhas de bombom para ganhar peso e competir nos mimos fofuras graças da tua sagrada Gorda do Tiki-bar.

Todinha nua me ofereço de corpo inteiro no guarda-roupa de espelho duplo.

Com as portas e pernas abertas.

Calço as luvas de crochê da tua primeira namorada (nem quero pensar no que com tanta aflição e delírio ela apalpava).

E que fim, me diga, que triste fim levaram essas luvas branquíssimas do crochê das vovozinhas de outrora?

Venho fazer a lição do colégio sentada no degrau da tua porta. E para o senhor — imagine só! — no uniforme de gala da última normalista.

Casquete, blusa branca e saia azul de prega. Ai, a gravatinha-borboleta, já pensou? Melhor não pense. E com o broche do colégio! Mais a estrela do ano!

Por fim — tua perdição fatal — a meinha, ui, preta, ui, três-quartos...

E esquecer? nunca. O finíssimo sapatim boneca!

Figo, bem sei, o teu regalo preferido. Duplo corte certeiro e já se oferecem dois pares de lábios róseos úmidos.

Quatro pétalas de fruto inocente. Ou escandalosa flor obscena — o recheio de que são feitos os sonhos eróticos? (Pudera não praguejá-la um santíssimo e faminto Homem!)

Delícia única morder a sua polpa de língua trêmula, no dente o estalido gozoso das pequenas sementes.

Gorda colheita de figos com a boquinha entreaberta de tão maduros cultivo só pro meu amor.

E se o convidado não vem... Ai, que desperdício!

Encha as mãos e inteira me desfrute.

De joelho. Supina. De bruço.

Ponta-cabeça. De quatro.

Revirada, ai, sim, pelo avesso.

O senhor esconde o rosto desta cidade, mas não de mim — surpreendo na multidão o lampejo dos verdes olhos furtivos à sombra do boné cinza? ou azul? Na primeira esquina ei-lo ao meu encontro em passos largos e apressados.

Desde longe ao avistá-lo todos os sinos do peito a rebater e clamar — é ele! é ele!

Aleluia, até os meus peitinhos saltam de alegria.

Ai, ingrato!

Sem me ver, espiona de soslaio as mocinhas em flor que passeiam entre as nuvens e pisam distraídas no teu coração.

E cuido eu também de me postar à tua frente, rebolando o lindo rabinho suculento.

Quem sou? Uma nuvem? Um anjo? Uma rosa?

Olhe e veja: o teu pessegueiro florido de pintassilgos pipilantes!

Nele pendure o trapézio de volantim e arremeta voo sobre os telhados da Igrejinha da Ordem.

Seja bobo, sem medo.

Aqui os jardins suspensos da tua Semíramis, rainha boqueteira maior da Assíria e da Babilônia.

Euzinha, uma fartura de iguarias afrodisíacas reservadas ao Profeta da Cimitarra que Assobia no Ar. Escolha à vontade e usufrua.

Com tanta fome e quantos dedos tenha.

Tais e tamanhas doçuras — uai, arrepio de cosquinha cintilante no céu da boca! — que superam o teu famoso quindim da Tia Ló.

Morda com gana e furor. Comigo frescura não tem vez.

Para o Grão Senhor o banquete é servido.

Supimpa!

Essa Eu Ganhei

Reparei que ele tava de gorro. Preto, quem sabe. Ou era verde? Não lembro. Só que descia da moto e remexeu na sacola.

Daí atravessa a rua, passa na roleta, entra no tubo. Me cuidou assim bem pertinho, né, olho no olho. Eu fiz que não era comigo, lá sou bobo.

Tinha ali umas vinte pessoas. Mesmo assim deu voz de assalto. Não cheguei a ver se pegou algum dinheiro.

Foi uma bruta confusão: gente aos gritos, mulheres escondendo os filhos, homens agachados pelos cantos.

Acho que três ou quatro tiros. No cobrador ele deu o primeiro ainda na guarita. Aí os dois rolaram atracados pelo corredor. No segundo, o manquinho lá ficou — apenas o toco de perna estremecia.

De repente se ergue. Pulando num pé só e pedindo socorro. A mão na barriga que vaza em grandes pingos vermelhos.

Fraquinho, fraquinho, gagueja:

— O que... é teu... tá guardado!

Tropeça no nada, epa! se estatela no chão. O malaco se volta.

Ah, é? Se chega, lá do alto:

— Essa eu ganhei!

Fatal. Um pipoco à queima-roupa.

Aí aparece um segurança e baixa três cacetadas no tipo. Uma voz geme baixinho:

— Me salve, ai. Meu Deus, acuda!

O bandido se desprende do guarda. Antes que alguém possa agarrar, salta a roleta. Lá se vai. Passo largo, sem correr.

Na esquina o motoqueiro à espera. Ele monta na garupa. Os dois fogem cantando os pneus.

Ah, agora me lembro. Quem falou — *Me salve, ai. Meu Deus, acuda!* foi o pobre manquinho ali matado três vezes.

Não Sou o Buba

Na verdade eu tava dormindo de favor na casa desse rapaz. Com a garota que encontrei uns três dias antes. E o Buba só conheci ontem no bar. Um cara legal, bigodinho, bom de prosa.

Depois de umas e outras, vendo a minha situação, me convidou pra pousar na casa dele. Lá moravam a namorada, a mãe e o pai dela. Acho que a casa era dos velhos.

Ouvi o Buba levantar cedinho e sair de carro. Eu e a menina ficamos brincando num colchão no canto da sala. Me engracei por ela. Gostosa, fazia tudo que eu pedisse.

Umas oito e meia a polícia invadiu a casa.

Já veio pro meu lado algemando e chamando de Buba.

— Ei, pessoal, calma aí. Eu não sou o Buba.

A namorada também disse que o Buba não era eu. Ele não estava em casa e tinha saído bem cedo.

Mas não adiantou.

Pronto acharam uma pistola no guarda-roupa do quarto. Me arrastaram até lá.

— Oi, gente. Este não é o meu quarto. Eu durmo com a minha moça lá no colchão da sala.

Os caras falaram num mandado de prisão contra mim e não sei o que mais.

— Certo. Contra o Buba. Mas o meu nome não é Buba. Eu sou o Dimas.

Mas adiantou pra você? Nem pra mim.

Eu (ele) tinha feito vários assaltos. Desta vez não escapava. Mau elemento, seria fichado na delegacia. Em resposta exibi o meu RG. Ah, é? Só um papel fajuto. E nele deram sumiço.

Então encontraram mais essas granadas. Não sei onde. Disseram primeiro que foi na caixa-dágua. E depois no armário da cozinha.

Mais tarde o escrivão explicou que as tais granadas não eram explosivas e sim de efeito moral contra a multidão. Essas coisas de batalhão especial de choque.

Mas não adiantou.

Escreveram granadas explosivas. Me acusaram tipo homem-bomba.

E falaram bem assim:

— Olha, a gente não gosta de colocá isso pra cê. Mas se não dissé onde tá o Buba... E nóis não achá ele... Daí cai tudo em cima de cê!

Sim, o Buba tinha saído bem cedo, era o que eu sabia, pra comprar uma moto. Agora me lembrava: preta, 250 cilindradas. Mas como adivinhar em que loja?

A polícia armou uma campana. Alguém deve ter avisado. O malandro sumiu no meio do nada.

Se não aparecer, o pessoal disse que sobravam pra mim a pistola, as granadas e tudo o mais. E, não bastasse, autuado assaltante e terrorista perigoso.

Deram uns trancos e tapas na minha moça. Testemunhava contra mim ou enquadrada como cúmplice. Fatal.

A pobre fazer o quê? Disse que sim e assinou direitinho os papéis.

Em desespero, falo e repito que sou outro. Não o desgracido Buba.

Euzinho, o velho Dimas da Silva, mais que disposto a colaborar.

— Ei, minha gente.

Dizer o quê? Se nadinha sei.

— Só não quero ficar preso aqui pra sempre!

O tempo todo contei apenas a verdade. Mas adiantou pra você? Nem pra mim.

A Pensão

três anos moramos juntos
veio uma filha agora com cinco
separados faz quase dois
mais de uma vez fui agredida
me deu soco e chute no rosto
quebrou um osso do queixo
surdinha do ouvido esquerdo
o corpo todo só mancha roxa
perdi dois dentes
tive de botar uma ponte
me bateu tanto assim
porque pedi a pensão da filha
tudo isso por noventa e seis reais
muita vez ele me judiou
só na última dei parte na polícia
fiquei muito mal
quase desenganada
até cinco dias no pronto-socorro

a filha graças a Deus vai bem
são três meses que ele não paga
trabalho de diarista
ganho nadica de nada
com a crise tudo mais difícil
não é verdade que pedi dinheiro
pra mãe dele
nunca dei esse gosto pra velha
de que adiantava se ela não tinha?

Misericórdia

Sem ninguém por mim, doentinha, apelo ao médico do pronto-socorro. Me examina, não gosta do que vê. Lá vou eu de ambulância para uma Casa de Misericórdia. Misericórdia, sim! digo eu por tudo o que passei.

Ah, quem me dera fugisse antes nas azas (você viu? não sei mais escrever, sou do tempo da velha ortografia), digo, asas dos antigos dias venturosos.

Naquele sábado acordo indisposta com febre. Primeira vez não vou à igreja. E acabo no hospital.

Ala dos idosos. Anexa à dos psicóticos, alcoólatras, drogados. O seu pátio de recreio confina com as nossas janelas. Entre os velhinhos alguns deficientes mentais menos agressivos. Pouco importa se chorem, gargalhem, desfilem sem sossego no corredor. Ou se percam dia e noite em infindáveis monólogos desconexos.

Sempre aberta a porta dos quartos. São quatro, dois de cada lado do corredor. Separação não há dos doentes contagiosos. Uns tossem e esputam (quem já lembra de tal verbo? ó cacoete da vetusta professora!), esputam as entranhas. E usam os mesmos banheiros dos demais.

Sou alojada num quarto com mais duas. Dona Laura e dona Rosinha. No canto uma cama vaga.

Logo me engasgam de comprimido, furam de injeção, afogam de soro.

Na primeira noite escuto sob a janela, sem parança, rangendo pra lá pra cá, o sapatão do vigia dos paranoicos. Mais a cantilena e choradeira do catatônico — os braços abertos pregados no ar.

Lívidas e gementes, as enfermeiras se arrastam perdidas entre as camas. Antes lembram zumbis das que se foram.

Dia seguinte surge à nossa porta um doutor, elegante e perfumado, sem jaleco. Me ausculta a toda pressa. Prescreve nova medicação e dieta. Chá com bolachinha salgada. O almoço uma sopa aguada de arroz e não sei o que boiando. Em pratinho de brinquedo com o esmalte já bem descascado.

Uma novidade: a quarta cama é ocupada por dona Elisa, ao meu lado. Ela conta e reconta a ópera bufa de sua triste vidinha. Fim da tarde a acompanhante se despede. Sozinha, quer a toda hora ir ao banheiro — e isso a noite inteira.

Dona Laura, insone, se revira na cama que estrala e range. Em desespero, sentada na cama, resmunga as mil contas do rosário.

Euzinha, presa ao soro, não devo me movimentar, simples espectadora dessa agitação noturna. Do outro quarto chega a melopeia dum idiota que declama a sua arenga sem sentido.

Domingo, dia de visita. Nenhuma para mim. Os três filhos pródigos, por onde andarão? Que fim os levou? Peço à enfermeira uma coberta, que de manhã passei frio. Ela indica *no chão* atrás da porta uma pilha de cobertores. Durante a noite bem que senti uma picada ora na orelha, ora na nuca — alço a mão certeira e arranco dali o que seja. Para não mover o braço no soro me fiz de contorcionista e acendo a luz com o pé.

Sabe o que é? Não?!

O vampiro de um piolho. Gordo assim! A própria muquirana do vagabundo de rua.

Pode imaginar a minha angústia com tal quadro depressivo. Fim da tarde, nova passagem fugaz do médico. De nada me queixo, esperançosa me dê alta. Nem pensar, claro. Ao menos agora livre do maldito soro.

Segunda-feira. A filha de dona Laura lhe fez companhia à noite. Dona Elisa vai tomar banho. Enxuga-se com uma toalha muito bonita que trouxe de casa. Estende-a na janela para secar.

Ah, por quê? Alguns píssicos (não tô tão por fora, né?) se divertem no pátio com uma pobre doidinha que, suspendendo a camisola, exibe as tristes belezas.

Reparam na toalha e dela se apossam. Dona Elisa protesta, berra, chora. Adiantou pra você? Nem pra ela.

Uma senhora bem-vestida para na porta, chama o meu nome. Mais que depressa, certa de uma boa notícia:

— Eu, aqui. Presente!

A fulana abre no meu lençol a maleta com instrumentos de tortura: agulha, seringa, algodão, garrote, lâmina de vidro, éter, etc. Não acha veia no antebraço. Tenta o dorso da mão esquerda, sai uma gotinha de sangue. Enfia então a agulha com toda força e trespassou o alvo. Grito de dor e recolho a mão.

Daí briga comigo. Discutimos. Enfim, após duas ou três picadas de feroz muquirana, me subtrai o sangue precioso. A mão quase um mês inchada.

Dia seguinte dona Laura e dona Rosinha recebem alta. Restamos dona Elisa e eu. Assim que anoitece, ela começa a reinar e se agitar na cama.

Exausta, duas noites sem dormir, dores no corpo, uso todos os artifícios para invocar o sono. Em vão, basta que feche o olho, a importuna busca subir na minha cama. Tenta e, sem sucesso, cai. Resmunga, geme, choraminga. Epa! de novo pro chão. Me acusa de ter surrupiado a sua felpuda toalha colorida.

Alta madrugada uma enfermeira decide amarrá-la ao leito. Daí, em protesto, dona Elisa passa aos berros:

— Bandidos. Me tirem daqui. Chamem a polícia. Me acudam, por amor de Deus. Querem me violentar!

Do outro lado acode o catatônico de braços em cruz:

— Cala a boca, velha sirigaita. Fecha a matraca!

Já se ergue reboando nas paredes o coro dos furiosos e possessos, excitados com toda a gritaria. Um evangélico troveja:

— Aleluia, irmão! Aleluia, Senhor. Amém, Jesus!

O grande final um chorrilho de maldições, nomes feios, pragas, tão medonhos que me proíbo de repetir. Sem demérito aos da beatíssima dona Elisa.

Só de manhã voltou a calma. Quando a enfermeira afinal a liberta, se põe aos gritos:

— Deus, o que eu fiz? Alguém me fale. O que fiz pra ser tão castigada!

A enfermeira:

— Ah, é? Já já me diga o seu nome.

Ela, receosa:

— O nome... essa minha cabeça... não é que o safadinho me fugiu!

A enfermeira solta uma gargalhada e o braço manietado. Para quê?

Pronto recebe forte bofetão. A dona Elisa aproveita para escapulir. Seguida e agarrada no fim do corredor. De novo aos prantos:

— Quem me deixou nesse hotel de ladrões? Quero de volta a minha toalha. Fiquei sem nada. Ela é tudo que me resta!

Nove horas entra o doutorzinho perfumoso como sempre. Suplico por misericórdia a minha dispensa.

Nesse instante despejam na cama ao lado uma criatura de longo camisolão. Magríssima. Cadaverosa. Melenas ruivas desgrenhadas. Curva-se no balde sobre os joelhos. Tossindo aos arrancos. Baba e esputa gosma de sangue.

Me pergunto o que pode ser. Se é homem, não passa de um bicho. Se mulher, aberração tipo a mitológica Medusa — você olha o rosto e fatal! morre gritando duas vezes mortinha.

Mais pelo horror da coisa o médico assina prestíssimo a papeleta de alta. Assim posso voltar pra casa.

Dias depois chega a filha para me fazer companhia.

Dela achei menos misericórdia que no hospital. Melhor estava eu com a Medusa da cabeleira de serpentes.

Duzentos Ladrões

eu sei de toda a falseta
desde o começo
vou deixar bem claro
essa história é muito longa
por causa do Buba tô preso
quase perdi minha vida
pode se dizer que sim
pra apontar ele
essas pessoas me torturaram
eu só entregava a droga na prisão
nada era pra mim
outro ficava com o dinheiro
minha obrigação de mula
pegar a droga lá no Buba
os tiras me acharam com três pedrinhas
a primeira e última vez
faz muito parei de usar droga
viciado fui

viciado nunca mais
me trancaram três semanas
sei que não dá condena
usuário logo é solto
no corró fui demais ameaçado
não era só um
duzentos ladrões do meu corpo
já se serviam com fome
dos nove buracos do meu corpo
me curravam até a alma
pobrinho de mim
a mãezinha de toda a galera
isso
ou suicidado à força
se eu chego pro chefia
basta um ai um espirro
fatal
é pedir direto pra morrer
dos guardas levei a maior camaçada de pau
não sei se aí na foto aparece
não aguentava mais tanto apanhar
assinei tudinho de cruz
juro que não vi nada nadinha

aí cataram um monte de pepita
me enfiando no bolso
só mostrar serviço
foi o que deu no jornal
pra assinar isso aí meritíssimo
destroncaram o meu braço esquerdo
me forçavam dormir
com ele preso por fora na grade
também sofri perseguição
causa desse meu jeitinho
sabe né
pros amigos sou Bombom
bicha sim boiola sim
travesti é que não

Cachaça e Pamonha

Não é que inventa esse puto de me jogar álcool e tacar fogo? Uma pequena discussão, *dele* a cachaça, *minha* a pamonha... Ai de mim, queimada do cabelo à unha do pé.

Sete anos que isso aconteceu. E sonho até hoje com a boneca preta de pano que sou eu pegando fogo.

Não um dia, uma semana. Seis meses de gritos, gemidos e horrores no hospital. Era pouco? Das feridas e dos remédios ainda uma úlcera no estômago. Afinal de volta para o bar. Todos esses anos atrás do balcão da cachaça e da pamonha. Assim garanti o meu sustento e da filha.

Ele foi preso e condenado por causa das queimaduras. Uma vez tentou fugir do 5º Distrito pelo telhado. Antes do prazo não é que se livrou na condicional?

Agora que saiu da cadeia não me dá sossego. Assaltada, sim. Roubada, sim. Duas vezes. Dentro da minha casa. No dia 7 de abril o prejuízo de noventa e um reais. E no dia 16 mais cinquenta vales da Assistência Social para tratamento das chagas mal cicatrizadas.

O ladrão? Foi esse mesmo, o puto Josias. Chegou de arma na mão aos gritos que era dele o bar. Tudo dele. O bar mais a casa.

Sete sofridos anos e quem lidava sozinha no balcão? Muito eu. Só eu. Daí, ameaçada e pra não morrer, me obriguei a fechar o boteco. Diz que meu nunca foi. Euzinha, a culpada de ser preso, devia arrumar dinheiro para o advogado.

Dele é que não. Desde pequena cozinhei e vendi um monte de pamonha recheada (sabores diversos), receita especial da minha avozinha.

Interesseiro, o pilantra se chegou:

— Nega, vamos abrir um bar?

E eu:

— Pra quê? Já tenho o meu negocinho da pamonha.

E ele:

— Daí eu cuido da cachaça. E você da pamonha.

De tanto vender a gente foi construindo. Primeiro a fachada, que era só uma parte. Depois a cozinha. Mais o banheiro e o resto.

Um ano e meio casados. Esse aí cuidava, sim, direto da cachaça. E o bêbado desgranhento me tocou fogo. Fez do meu lindo corpo uma boca de dor que gritava.

Ah, quem dera sumir pro meio do nada. Mas como, se não tenho recurso? Eu pudesse, nunca mais via esse foguista de gente. Todo o mal que fez não posso calar. Os vizinhos com medo não falam uma palavra. Eu falo, nada mais tenho a perder.

Ele jurou a minha vida. Se busco a menina no colégio, quem ronda por ali? Outro dia fui com o meu companheiro. Estamos juntos há um ano e vamos casar.

O bandidão vinha faceiro na bicicleta. Deu com o Manoel, epa! Meia-volta. Já sumiu pedalando numa chispa.

A única saída vender a casa. Mas de que jeito? Jura que é dele, só dele. E vai dar para esse doutor Edu.

Se gaba que testemunha não tenho. Minha testemunha sou eu na terra. E Deus no céu. O advogado? Não careço. Me basta o Senhor Jesus Cristinho.

O dinheiro que roubou era uma fortuna para mim. Passava fome com a menina. Sem marido. Tantas dores e mil remédios.

Sozinha criei, eduquei, vesti a guria. O escroto e bandalho nunca foi de ajudar. Essa pobre filha o único bem que fez.

Até hoje sofro muito, mas não me queixo. Conheci o Manoel, servente de pedreiro. Sem emprego, biscateia e consegue uns trocados por dia.

Para melhorar de vida, virou crente dos Santos dos Últimos Dias. Eu ainda não.

Tudo ia bem. Daí o meu assassino ganha condicional. E me rouba a única riqueza do pobre, que é você dormir em paz.

Sempre esse maldito sonho da boneca em chamas. Sempre euzinha pegando fogo.

Tenha Uma Boa Noite!

Quase dez horas, pô. Já me atrasei. Tudo menos a mulher à tua espera para uma cena bem ensaiada. Grávida de oito meses. Fase de caprichos e fricotes.

O salário seguro no bolso, me permito um chopinho ali de pé no balcão — nada se compara ao papo gostoso do bar.

Esqueci até de comprar o remédio da última consulta. Tarde demais. Limpo no bigode a espuma do terceiro chope, ajeito o boné, jogo a mochila nas costas. E caio fora.

Salto do ônibus e sigo em marcha batida. A lua toda acesa clareia o caminho. Rua deserta.

Apenas um vulto atrás de mim, outro passageiro retardatário.

E agora? Diante do carreiro, a dúvida: rumo em frente, apesar de perigoso à noite (com todo o meu dinheirinho no bolso)? Não fosse o atraso. Não fosse a gravidez da mulher. Fazer toda aquela volta?

Para ganhar tempo, vou direto. O que for soará. Pra mim e a minha sombra, de chapéu, pasta na mão, sandália, decerto fiada no exemplo de coragem.

Oba, mais quinze ou vinte minutinhos e estou em casa. O saibro sibilante sob o tênis é o único ruído no carreiro assombrado pela mata fechada aos lados. Minto. Mais o cicio de uma sandália furtiva logo atrás.

De dia, para abreviar caminho, o preferido dos moradores da Vila. Os alunos do colégio aos gritos pra cá pra lá. Ah, de noite é diferente, ninguém se atreve. Ninho de pequenos bandidos. Ponto de tipos drogados da Vila.

Além da curva é o pequeno pontilhão de madeira. Logo depois o...

Ai, tô fudido. Bem a mulher me avisou: *Dê a volta. Não facilite, bem. O que será de mim sem você? E do nosso filhinho?*

Diante da ponte a moto atravessada no caminho. Epa, motor *funcionando*. Ai, farol *apagado*.

E agora, mermão? Sigo ou volto. Se correr, não é pior? Pronto me alcança o motoca. Fuzilado pelas costas, sinal de fujão covarde. Pouco ligo pra sinal. Não quero é morrer.

Que tal se não é comigo? E por que eu, logo euzinho? Só por que...? Uma única vez...? Me arrisco aos poucos em frente, a sombra de chapéu no encalço. Quase posso ouvi-la resfolegar no meu cangote.

Mais uns passos. Cuido de não olhar para o motoca. Mas percebo de fugida o capuz preto sob o capacete baixado. Só os olhos se destacam, faiscantes no escuro.

Sem palavra, o tipo recua a moto para livrar a passagem.

Cruzo por ele, de olho no chão. Entro na ponte. E paro.

Três vultos ali deitados. De bruços. Cara enfiada na tábua. Mãos na cabeça.

Ai, Deus do céu. E agora? Vou adiante? Intrépido, recuo? Por que, ó meu Jesus Cristinho? Por que entrei neste maldito carreiro?

No outro lado da ponte o carona da moto decide por mim:

— Pode vir, tio.

E acena com a mão. De relance o brilho do cromo na arma. Nada de 22 ou 38. Na Vila só dá .40 ou 380 cromado. Diante da minha hesitação:

— Ei, vem duma vez!

Também ele de capuz e capacete. Os dois buracos brancos esbugalhados da morte.

É pra já.

Trato de abrir caminho pelos piás ali estendidos. Pedindo licença em voz baixa.

Evito aqui a cabeça de um.

Ali os pés de outro.

São os moleques viciados da Vila. Camiseta berrante, bermudão largo, tenisão de skatista.

Tudo quietinho, nariz fundo no chão, dedo cruzado na nuca. Decerto surpreendidos ali na ponte. Ainda no ar a morrinha do pó e da pedra.

Acerto de conta. Não pagou, é?

Fatal.

Me obrigo a não olhar pro lado. O coração berra e esmurra no peito. Que é isso, joelho? Não fraqueje, não trema, não se dobre.

É agora. Se ele acha que sou testemunha? Tô ferrado, cara. Nunca mais vou conhecer meu filho?

— Tenha uma boa noite!

Uma voz de gelo do cromo. Ai, Deus do céu. Nem acredito. Obrigadinho, meu Jesus. Salvo, salvo!

— Boa noite pro senhor também.

Um sopro tímido repete às minhas costas o cumprimento.

E trato de apurar o passo. Não tão depressa que pareça medo. Não tão devagar que seja provocação.

Lá atrás na ponte a mesma voz afiada dos dentes do garfo arranhando o fundo da tua alma:

— Seus merdinhas safados.

A sentença final do carrasco.

— Já vão saber com quem se meteram!

Uns dedos grudentos me agarram a ponta da camiseta.

— Epa, que é isso? Me larga, pô!

Ora, quem pode ser? Apenas a sombra que me segue o tempo todo, mais confiante na minha valentia do que eu mesmo.

— Ei, cara? Que é que há?

Livro a roupa num repelão. E não diminuo a passada.

O matagal fica pra trás. Logo ali o clarão da Vila no céu.

Pra mim é o céu.

A sombra fala, rouca:

— Do que escapamos, hein? Nunca vi nada igual!

Mal chegamos a comentar o incidente. E, de súbito, uns estalos secos.

Três. Sem eco.

Trato de acelerar a marcha, quase correndo.

Um tempo. De novo os tiros. Agora espaçados. Um... dois... três.

De misericórdia, poxa? Na nuca.

— Já matou os piás!

Mas não a mim. Urra, não eu. Cinco minutinhos. Ei, minha gente. Tô aqui. Salvo. Em casa.

Todo esse perigo, culpa de quem? Minha é que não. A culpada, como sempre, é a mulher. Não fossem as tais frescuras manhosas de grávida.

Só escolhi o carreiro pela muita pressa — a sua exigência boba. Desde quando um cara batalhador e responsável não pode tomar um chopinho? Tá certo, dois que sejam.

Graças, acabou tudo bem. Me sinto tão pacífico e generoso que prometo não levantar uma palavra contra ela. De verdade agora o que importa?

Me safava, isso sim, maneiro e faceiro dos matadores na ponte. Encarei a morte no buraco vazio do olho.

Sem piscar. Fiz por merecer mais que uma boa noite — uma feliz noite de amor, ai, teus fricotes! ai, meus caprichos!

Grito de boca fechada. Salvo, oba! Bem alto, embora mudo. Livre, urrê!

Não tenho tempo de celebrar. Já o frio traiçoeiro do punhal me espeta a cintura.

E a sombra, agora com voz dura de cromo:

— É um assalto. Nem um pio, cara. Passa a grana!

Ele

Desde que a mãe nos largou, fugindo com outro, ele falava sozinho e chorava muito pelos cantos. Gemia a falta da ingrata, infeliz e desgraçido, na força do homem.

Não sei, não me lembro, como tudo começou. Ele bebia sempre no jantar dois a três copos de vinho. Ou mais... acho que...

Com sete anos, eu tinha medo do escuro. Então me deixava deitar na cama do casal. Uma noite, meio dormindo, senti que me erguia a camisola. Não fez nada. Só olhando e falando bobagem que eu não entendi.

Outra vez me baixava a calcinha e passava a mão pelo corpo. Até que afastou as pernas e me beijou e lambeu todinha. Tanto susto, fiquei de olho apertado, bem quieta. O coraçãozinho me dava socos no peito e no ouvido.

Não sabia o que era e nada senti. Quem sabe uma cosquinha boa.

De repente ele se ergueu e foi ao banheiro. Dormimos e, pela manhã, fez o café, perguntou da lição de matemática. Chovia e me vestiu o agasalho novo. Achei que nada tinha acontecido. Apenas um sonho.

Noite seguinte o mesmo se repetiu. Não era sonho, não. O que posso fazer, me diga, tadinha de mim? Não descubro o sentido. Se a tua mãe foge com outro, será que a filha tem obrigação...

Me queixar pra quem? Só nós dois na casa. E depois, já pensou, toda a minha vergonha... Antes morrer, ir correndo me afogar no tanque de roupa. Se todo mundo achasse que era eu, euzinha, a culpada?

Quando choro de tristeza pela mãe sumida, quem me consola:

— Só nós dois... esquecidos nesta casa. Sozinhos contra o mundo inteiro.

E põe no colo, fala mansinho comigo:

— Se um não protege o outro, o que será de nós?

Me anima nos estudos: compra caderno, mapa, livro de figura. Toma as lições e brinca:

— Somos dois assim a aprender.

De prêmio me traz presente. Bombom, sandália, blusa. E até sainha plissada branca, um tantinho curta.

Posso usar à vontade em casa, mas — engraçado, né? — nunca sair com ela. Acha que fico demais bonitinha.

Me leva passear no velho carrinho, que eu mesma lavo aos sábados. Me molho todinha na mangueira e fica olhando e rindo. Só que então inventa me dar banho e esfregar as costas — e quer o mesmo com ele.

Daí já crescida ganhei corpo de mocinha. Pedi para dormir no outro quarto. Ele deixou, mas nada mudava. Quase toda noite dividia a minha cama.

Se às vezes eu respondia... Eu, não. Meu corpo, sim, ainda sem eu querer. Puxa, ele suspirava e gemia, todo agradecido:

— Ai, como é... ai, tanto que eu... agora... mor... rer...

E insistia de voz rouca:

— Se você contar... Se alguém souber... Juro que é o meu fim!

Uma vez quando doeu e lhe mordi o pescoço, bem se lamentou:

— Ai, me desculpe, por favor... É que eu... Mais forte do que eu... Não posso deixar... Tô perdido... Sou um condenado!

Tudo aconteceu dos sete aos catorze anos. No começo sempre no escuro. Depois com a luz acesa. Lembro que nunca me beijou na boca. Nem me olhava nessa hora no rosto.

Ninguém desconfiou. Nenhum parente, se algum havia, nos visitava. Não tinha amigas. E as colegas do colégio eu que ia à casa delas.

De verdade nunca me bateu. Um tapinha ou cascudo não conta. Tinha medo dele, claro. Grandalhão, voz grossa, mão gorda. Comigo, certo, só cuidado e delicadeza. Caso eu não obedeça, já pensou, e me largasse na rua, de mim o que seria?

Assim continuou até uma tarde.

Tanto calor, a janela aberta — um sopro de vento abre a cortina. E a vizinha nos viu. Foi correndo dar queixa no posto policial.

Ele negou tudo. Era só mentira e intriga. Ainda assim, intimado a prestar declaração, dia seguinte, às três da tarde.

Na mesma hora ele me beijou e se despediu. Para sempre. Ainda uma vez rogava que o perdoasse. E se foi. Sem mala nem nada. Só a roupa do corpo.

Ninguém sabe onde está. Nunca mais visto ou falado. Uma pobre alma perdida.

Hoje, casada e feliz, espero o primeiro filho. Às vezes imagino que fim levou esse homem. Não acharam até agora o corpo. Ele falava sério, eu sei.

Raiva já não guardo. Aprendi que somos todos míseros pecadores. Deixei as feridas da memória para trás.

Sinto falta da minha mãezinha sumida. Toda noite rezo por ela.

E quer saber? Penso em dar ao meu filho o nome dele.

Pivete

vá saber que hora que dia
conheci o Casquinha um mês dois atrás
ficamos andando juntos
ele que transava o celular do rapaz
até pagou direitinho cinco
sei lá dez paus
antes a gente tava bebendo uma cerveja
com as meninas no mocó
vi que o carinha deu o celular numa boa
daí a polícia abordou a gente
ninguém de nós tava com arma
nenhum roubou o treco
sou de menor
tenho mãe por aí
faz anos que tô na rua
fugi pequenininho
tanto apanhar da bruxa
quase morri do pó da pedra

agora parei com tudo
aquela tossinha acabava comigo
só o que faço é bebida e fumo
cuido de carro
peço um dinheirinho no sinal
dou uma de flanelinha e agulheiro
essa viração
levo a coberta no saco plástico
meu punhalzinho
minha colher de pau
jogo na cacunda
saio catando esmola
durmo debaixo da marquise
tomo banho no posto de gasolina
pra comer peço na pensão
mostro o meu pote
a negra bota uma concha da sobra
o dinheiro que ganho
é da pinga e o fininho
agora tô sem namorada
bem faz falta
daí o que mais
me sirvo do Casquinha

Lábios Vermelhos de Paixão

Sabe o que é beijar outra moça na boca? A língua dócil e macia que se derrete de tamanha gostura e ostra coleante já tateia caminho por entre os dentes?

Sabe lá o que é lavrar essas dunas movediças no meio das coxas?

E a delícia de vê-la descruzar as pernas, antes mesmo de você pedir — o som da tua única mão que bate palmas?

Ai, uma mocinha que se entrega tem a boca entreaberta, os seios saltam (na infinita esfera celeste alguém já viu curva mais perfeita?), saltam em pé da blusa, dois duma vez, ofeguentos com falta de ar.

E uma colmeia, sim, de vespas laboriosas sob a calcinha.

Se você a exalta com os mais líricos palavrões mais babada fica de suspiros gemidos gazeios. Xingar gentilmente uma moça é ganhá-la de puro amor.

Pastar e mordiscar sem pressa um e outro peitinho — que pouco tempo dispensam os homens aos nossos mamilos e aréolas! —, sugar essas metades sem defeito, de pera? pêssego? taça de vinho rosado? enquanto (a calcinha já molhada) se coze em fogo brando o precioso fruto.

Ah, fique de quatro, querida putinha. Oh, bunda! que o teu poder mais alto se alevante. Essa tua nalguinha, meu delírio! Soneto alexandrino exato, ó cesura dupla ó rima rica ó fecho de ouro!

Agora baixe devagar vagarinho a mínima calcinha.

Ai, ai, nego meu, no curso dos eventos humanos qual mais importante que a tua garota disposta a tudo o que você quer? Esse traseiro meneando obediente oferecido no beicinho pra ganhar dendém?

Agora a minha vez. Beliscar com gana, bater sem dó, descompor de paixão. Minha putinha é o encontro místico das ondas do céu e das nuvens do mar. Já lambida do licor de abelha rainha — os pentelhos emaranhados, os grandes lábios trêmulos, o vale de sombras no portal das coxas fosforescentes.

Indefesa nessa postura é que te quero. Beijo e babujo os pequenos lábios que em retribuição piscam gaguejam miam.

Saído do forno um quindim de pétalas dentadas a tua vulva, tão doce pronto me arrepia de cosquinhas o céu da boca. Assim túrgida, vê-la e degustá-la é obra de um instante. Provo aos bocadinhos no suave embalo de suspiros e queixumes.

Umedeço o indicador no sumo fervente e meigamente dedilho o cuzinho em flor. Pouco me demoro que ela, aos arrulhos e ganidos, já não pode esperar. Com o terceiro quirodáctilo esquerdo lhe revolvo fundo a rósea concha bivalve — e sei que lá vem grito.

Um, dois segundos. Pronto ela começa a pedir para morrer. Sinto o clitóris em riste e exerço ligeira pressão no rabinho. E dá-lhe ai. Dá-lhe gemido. Dá-lhe lágrima e soluço.

Nada se compara a fazer uma mulher gozar. Veja como ronronante se enrodilha. Te olha langorosa, toda perdida. Labareda e febre, agora quieta e submissa.

Não fique sossegada, querida. Mal sabe o que te espera. Oh, barquinho bêbado! com ele descobrir as nascentes virgens da sagrada fonte. E me aventurar pelos cinco oceanos crespos das mais perversas fantasias.

Obrigá-la a desfilar nua, sim, em lágrimas, sim. Sapatinho prateado de salto alto. Longa cabeleira desfeita. Meia preta e liga roxa só numa perna, a esquerda. Em lágrimas, sim, todinha nua, sim, pra cá pra lá na passarela dos meus caprichos delírios loucuras.

Do ninho pipilante de boquinhas gulosas retiro o dedo e volteio nos seus lábios. É puro mel que o colibri alucinado suga e o olhinho vesgo revira.

Então nos beijamos. E aqui a maravilha: qualquer mulher goza — sem esforço algum — duas, três vezes seguidas. Com tal prelúdio nos satisfazemos até cinco ou seis — e só descansamos por exaustão e não saciedade.

Ainda insatisfeitas, a custo nos separamos. Garotas de fino trato, resistimos. Na verdade mais gosto de iniciá-la em proibidas delícias do que eu mesma gozar.

Homens, ó babuínos tatibitates das cavernas. De repente — como explicar? — um certo asco físico e espiritual (não do meu neguinho, que esse é único).
Arre,
o andar desengonçado,
os pelos, o pelego de pelos!
o suor, o suor,

a pança pomposa e obscena,
a impaciência no prazer,
ai não,
a ejaculação precoce.
Tudo fazem com pressa.
Malfeito sempre.
E isso não é nada.
O pior é a conversa.
Não escutam, não entendem, nunca leram um livro, não viram uma pintura, nunca ouvem uma sinfonia.

Sabem, sim, o quê? Se vangloriar dos tantos e muitos litros por quilômetro que apostam no carrão prateado.

Eis que ela já me olha mendicante. E começamos tudo de novo.

Com mil variações.

Que vista a minissaia xadrez plissada.

Que eu pinte os lábios de vermelho-paixão.

E dançamos na penumbra entre ósculos mordidas amassos. Eu (ela) sussurro(a) aos dardejos da linguinha na orelha o que vai/vamos fazer.

A vez de qual apanhar?

Beliscão? palmada? chicotinho?

Quem saracoteie o strip completo?

A que se masturbe? Use o consolador — o médio verde? o grande azulão?

Isso, sim, neguinho meu, que é excitante. Vá por mim, experimente só pra ver.

Ó alegria, sublime alegria! Espiá-la de pernas abertas — marcha lenta, trote, galope —, intrépida domadora upa! upa! do rebelde ginete corcoveante upa lá lá! a rédea nos dentes. Tremendo é o fogoso resfolegar de suas narinas.

E ordenar: faça nessa posição, agora na outra. Em frenesi beijá-la e manuseá-la frente e atrás nas dobras e fendas mais secretas.

Afinal cobri-la de tapas estalados e amoráveis palavrões.

Até que, exausta de prazer, desmaie e faleça nos teus braços. Para sempre no fundo dos meus esses negros olhos putais. Ai, grande cadelinha rampeira. Essa não...

Ai, essa não. A voz irritante do bobo do meu marido no corredor:

— Querida, cheguei. Sou eu. Onde está o meu bem?

Bem quando... Ah, esse cara me paga. Recomponho as rugas do vestido e me afasto do espelho — que pena ser de novo uma.

E não mais as duas mocinhas perdidas de amor no breve sonho acordado.

Uma Senhora

A velha senhora, viúva, tem três filhos.

O primeiro, tipo malandro, nunca trabalhou sequer um dia. Dependente da mesada, atormenta a mãe sempre por mais um dinheirinho — a fantasiosa viagem para o banho de iluminação nas águas barrentas do Rio Ganges.

O segundo, o melhor dos filhos até os quarenta, cai de amores por uma fulana qualquer. Esse, que era o provedor da casa e passeava com a mãe no fim de semana, se despede uma noite. E, zerando a conta bancária da velha, no carro da família, lá se foi com a loira fatal. Nunca mais deu notícia.

A filha, molestada em menina por um vizinho, sai de blusa branca e risonha, às oito da manhã, para a faculdade. Acena, mocinha em flor, para a mãe na janela. Foi a última ocasião que a viu.

Por vezes, a cada longos dois ou três anos, o telefone toca. A senhora atende.

— Alô?

No outro lado apenas o silêncio e a respiração abafada.

— Alô? Quem fala? É a..?

Sem resposta.

— Fale, minha filha. Por favor. Sei que é você. Por que não...

Só um clique.

E agora? Dali a quantos anos a próxima vez?

— Que filha desgraciada!

Olha pela janela.

— Ai, mocinha mais ingrata.

Olha pela janela ao longe.

— Minha pobre menina...

E olha pela janela uma blusinha branca ao longe.

Elas Cantam Só Pra Mim

— Um baseado! Um baseado! Minha moto por um baseado!

Fotos de aniversário de criança, nunca mais. Como aquietar um bando rebelde de futuros assassinos em série e estripadores? Piedade, ó Senhor. De mim não tem dó? Tudo menos gangue selvagem de pimpolhos mimados. Só mesmo um fuminho para relaxar.

Ali, diante do parque, não resisto. Três da tarde, um céu assim, um calorão assim. Só eu não mereço? Hora e vez de queimar uma ponta.

À sombra fresquinha de uma árvore estaciono a moto vermelha reluzente de 250 cilindradas. Nenhum outro motoca à vista, ainda bem. Olho pra trás: deserta a guarita dos guardas.

Reclinado no selim, abro a caixinha de fósforo — o último bagulho! Risco o fogo, nada. Nem tento segunda vez. Epa, dois guardas municipais surgem da guarita. Quem não quer nada, na minha direção.

Enfio a caixinha no bolso da jaqueta. Assim que ligo a máquina, os dois aceleram o passo, já com a mão na cintura. Esses aí nunca é que me pegam.

Ai de mim. Mais espertos, em cada portão um deles me espera, cassetete em punho.

Paro numa boa. Sem desmontar, careta ou sorriso?

— Oi, minha gente.

Ofegantes e fulos da corrida.

— Desliga o motor. E desce.

Uma geral: de costas, apoiado no tronco da árvore, mãos e pernas abertas. Apalpam os bolsos, na jaqueta a caixinha.

— O que é isso?

Entre os palitos, amassado e torto, o fininho.

— Pode abrir a bolsa?

Que delicadeza. O natural do polícia não é ser violento e estúpido?

Vasculham e lá das profundas sacam, enrolada no plástico, uma segunda ponta perdida, de que eu nem lembrava.

— Aqui mais uma!

— Juro, nem sabia que tinha...

Me levam para a guarita. Um deles chama a viatura de apoio.

Sobre a mesinha esvaziam a bolsa. Se interessam pela câmera digital e o laptop.

— Cadê o recibo da câmera? E do micro?

Em cada olho dos dois com todas as letras uma palavra mal soletrada em vermelho — *t-r-a-m-b-i-q-u-e-i-r-o!*

— Não estão comigo. Pra não ser roubado. Bem seguros em casa.

— O que cê faz?

Aponto a máquina.

— Sou fotógrafo.

— Tem passagem na polícia?

— Nenhuma.

Me examinam suspeitosos: calça verde bag, camisa camuflada, botinha de franja. Ah, mais a tatuagem tribal no braço esquerdo... Pinta manjada do pilantra? Até o capacete de viseira escura.

Um deles pede instrução pelo celular. Começo a achar muito barulho por nadinha.

— Não dava pra acertar numa boa? Toda essa confusão por quê? Um simples fininho.

— Um, não. DOIS.

— Conversando tudo se ajeita. Nem vale a pena chamar mais gente. Dois fininhos, pô. Qual é o grande crime?

— Ei, tá gozando a nossa cara? Engraçadinho o tipo, hein?

Bem nessa hora chega a viatura. A autoridade em pessoa: morenão, gordalhão, bigodaço feroz. Ocupando todo o espaço da guarita.

Morenão, nada. Negro retinto, sem ofensa. Isto é... Como dizer: crioulo? pardo? afro...? Epa, negro já não é preto. Cor proibida. Foto ou filme branco e preto — não há mais? Logo a vez do vermelho. E o que será do tristinho roxo?

Instala-se na cadeira única, que range. Quer saber tudo de novo. Nome, filiação, idade, profissão. Capricha no relatório. Em vez de cigarro de maconha:

— SUBSTÂNCIAS TÓXICAS!

Letra de forma, no plural e ponto de exclamação.

Ensaio tímido protesto. Ergue a pata papuda de urso e pronto me calo.

— Assine aqui.

Tinha escrito um livro.

— Desculpe, chefia. O nome tá errado. Esse aí é do meu pai.

A identidade ali na mesa. Só dele a distração. Por que eu falei?

Tiririca, o brutamonte espuma.

Se obriga a copiar tudinho de novo. Daí assino bem depressa.

— Revistem o elemento.

Mais uma vez. Depois uma geral na moto. Chapa, chassi. Desmontam a carenagem — tudo limpo.

O tempo inteiro euzinho de pé, contra a parede. De castigo.

— Peraí, ô.

Sai pra consulta no celular. Volta, o sorriso perverso:

— Cê vai pra frente, cara.

Muita queixa dos vizinhos contra uma galera de motocas drogados. Fumam, queimam, cheiram ali no parque. Se bobeio, me enquadram tipo um deles?

Daí entendo a falta de diálogo — a guarda tem de mostrar serviço.

Me permite ligar para um amigo que recolha a moto. Liberada, ela. Mas não eu, a câmera, o micro.

— Cê vem com a gente.

Assim que o amigo some ao longe com a possante 250 cilindradas, lá fomos pro 7º Distrito. Mais de quatro horas e meia. Me enfiam numa sinistra cafua de 2x2 metros. Sem janela nem nada. Apenas o sufoco e um ralo fedido no canto.

Depois, se não me livrasse, era o corró geral no porão.

— Fica aí, malaco.

— Tenho direito a uma ligação.

— Já não fez pro vizinho?

Longa meia hora de pé direto no escuro.

Afinal encaminhado ao investigador. Altão, parrudo, cabeça crespa de fogo. Epa, ruivo. Sem ofensa. Ruivo, né, pode? O enorme relógio dourado faísca no pulso de sardas roxas.

Olha os papéis. Me encara de alto a baixo — não gosta do que vê.

— Cê tá a perigo, cara.

A polícia pode mais que tudo. O chefia pode mais que o rei.

— Caiu no artigo 16.

Percebe que vacilo na base. Porra, uma ervinha de nada. E agora essa complicação toda. Só a mim, ó Deus. Só a mim?

Admira a correntinha no meu pescoço.

— É de ouro?

— Sim.

Daí ele:

— Só tem um acerto. Ela...

Eu, quieto.

— ... ou o micro.

Malandro velho, assim facilzinho, caio na goela escancarada do leão?

— Tenho de pensar. Falo primeiro com o meu advogado.

Quem dera tivesse eu advogado.

— Cê que sabe.

Fecha a tremenda carantonha.

— O que há no micro?

— Fotos. É o meu trabalho. Casamento. Aniversário. Festinha.

— Queremos olhar. Alguma objeção?

— Podem, à vontade.

Mais um tempo.

— Me acompanhe.

Outra sala. Uma investigadora, baixinha, gordinha, franjinha. E a escrivã, grisalhando, simpática, a eterna tia da gente. Respiro, aliviado: com mulher mais fácil se entender.

Diante das duas, o laptop já ligado.

— Estou abrindo as pastas. Na tua frente.

A tela azul dos ícones: ANIVERSÁRIO. CASÓRIO. NATAL. EVENTO. ETC.

— Aqui está.

Entre todas e tantas, abre exatamente a única que não deve: ETC. Só mesmo a desgracida de uma mulher.

Imagens coloridas — nada de branco e preto. Em zoom. Eu, euzinho, com duas gurias. O encontro casual no bar. A loira, carinha de menina: *A gente a fim dum programa. Pinta uma grana?* Qual a tua idade? *Vinte aninhos.* Bem desconfio que mentia. Nessa hora quem pede identidade. Quanto? *Com as duas é trinta.* Mais que depressa, levo pro apê.

Inicia com poses sensuais seguidas de striptease. Tire a blusa. Agora abra um pouquinho. Mais um...

Do erotismo acaba na pura pornografia. Nuas. Pererecas de olho babado e piscante. Meio chapadas, eu nem preciso sugerir, as safadinhas tomam a iniciativa. Duas duma vez, oba!

    Mais um tapinha pra cada um. Uai, lá vamos nós.

    Daí amigo de infância da loira, bem bonitinha. Novo encontro, já não pago. (Da outra quero distância. Naquele arrastão vou abraçar por trás. Apalpo. Epa, cadê o seio daqui? Porra, não tinha. Uai, manca de teta. A esquerda. Não pergunto o quê? como? Sei que, por pouco, não brochava.)

    Bem essas poses que a escrivã deu de acessar. Tá enrascado, cara. E agora, Cassiana?

— Ei, que fotos são essas?

— ...

— Essa menina, quem é?

— Uma amiga. Isto é... Conhecida.

— Tem cara de menor.

— Não. Eu juro. É bem maior.

— Cê mesmo quem tirou as fotos?

Nem podia negar. Ali a assinatura. Frente e perfil. Corpo inteiro.

— Sim, senhora. É minha profissão. Sou fotógrafo.

— *Esse aí* o teu tipo de foto! Pra botar na internet? Sabe que é crime grave?

Machão e tudo, já gaguejo. As mãos frias e grudentas do culpado.

— Não, senhora. Uma festinha particular. Só de brincadeira. Nessa roda viva louca... Puxa, é tanto serviço. Até esqueci de apagar. Não me lembrava mais. Juro que pra ninguém não mostrei. Nem mesmo a Patricinha viu. Ela se chama Patrícia. Nome de guerra, eu acho.

As duas estudam fascinadas a sucessão de quadros vivos.

— De quem é... esse...?!

Uai, a cena do boquete. De cima pra baixo. Eu, sem rosto. Ereto, impávido, colosso. A garota de joelho e mão posta. Olhinho vesgo e bem aberto.

A tua manquinha ali, veja, tenta roubar uma lasca.

— Não vou mentir. *Ele*... sou eu!

As duas me encaram, sem disfarçar a admiração. Um uai? Um suspiro? Bem-dotado, eu confesso. O que todas me dizem. Ali a prova pra qualquer um conferir.

Pode que seja impressão minha. Elas se tornam menos agressivas. Já me olham com indulgência e bondade.

Ah, é? Sem aviso. O golpe certeiro da marreta na nuca.

— Teu micro fica apreendido. E deve trazer a menina pra testemunhar.

Agora, sim, tô ferrado.

— Já tem um artigo 16. Esse é muito pior: o 218.

Vá saber... O 218! Gostou, babaca? Viu só? Aprende, burro!

— Corrupção de menor. Crime hediondo. Dá um baita processo.

Trepar, eu? Nunca mais. Chego em casa e assim que o tesão erguer a cabeça... Já dou uma gravata no bruto. E a porra do pescoço afogo direto!

— Tá bem. Eu trago. Confiei na palavra dela. Me jurou pela mãe morta. Era de maior. Se mentiu, então a vítima sou eu.

Epa, cara, já falando bobeira.

— O problema é teu. Você sai. O laptop fica. De prova.

Ali afrontado na cadeira dura, joelho trêmulo. É agora ou...

— Eu confesso pra senhora. Devo chamá-la de senhora? Assim tão moça, tão gentil. Ou vo...

Depois da minha exposição ao natural, não éramos um tantinho íntimos?

— Isso mesmo. Senhora.

Sorrindo, porém. Sinal que não tinha desgostado.

— Até vergonha de falar. Bem, confesso que não sei da moça. Gostava dela. Encontramos algumas vezes, certo. Garota de programa. Limpinha. Cara de guria, corpo inteiro de mulher. Nunca me deu o endereço. De repente o celular só caía na caixa de mensagem. Pergunto lá no bar do japonês: E a Patricinha? *Tá por fora, cara. Ela sumiu. Mais de um mês. Vá saber. Superdose? Queima de arquivo? Mula do cafifa?*

— ?

— Imagine a senhora. Até pensei: Se desovam ela por aí? Ainda vão achar que fui eu!

— Que exagero, moço.

Me chama de moço. Nas boas graças da coroa. Até que enxuta. Em noite de muita precisão...

— Então a senhora me acuda. Como achar a menina... se está perdida? O que posso fazer, santo Deus?

O nome de Deus nunca falha. Ainda mais com tremido na voz.

As duas confabulam aos cochichos. Decido gastar o último cartucho. A única bala tem de acertar o tigre na testa.

— Sou velho amigo do delegado Roncador. Ele me conhece. Sabe quem sou. Pode atestar: fotógrafo profissional, de confiança, batalhador. Sempre me deu uma força. Ele é...

Era mesmo um conhecido do bar do japinha. Bebia bem, violento, porra-louca. Mas boa-praça. Um amigo caiu em cana. O chefia livrou o piá.

Um tiro no escuro. Quem dera sustentasse a minha história. Se é que se lembrava de mim.

— Ah, é? Pode conhecer o Papa. Não faz diferença. Nem o Roncador vai quebrar o teu galho. Começa que é investigador. E não delegado.

Putz! Me fudi de verdade. Com essa eu não contava.

Daí me olha. Vê a minha aflição. Afinal, bom rapaz. Podia ser afilhado. Tudo por um mísero fininho... E decerto se lembra, por que não? Como sou bem provido.

— Espera aí.

Sai da sala. Pouco depois volta com dois papéis na mão. Sorrindo.

— Um acordo.

Estende as folhas na mesa.

— Falei com o delegado. Decidiu te liberar. Escapou do 218. E pode, sim, levar o laptop. Mas tem de responder pelo 16.

Uai, quero abraçá-la e até beijá-la. Melhor não abuse da sorte.

— Assine aqui.

Acho desrespeitoso ler. E lanço o jamegão floreado.

— Não esqueça de trazer o recibo do micro e da câmera.

Aperto-lhe a mão com as minhas duas, agora em brasa.

— A senhora é um anjo. A minha salvadora. Quando quiser... algum evento, estou à disposição. O ângulo mais favorável, a melhor luz. Um preço especial. Qualquer hora.

No primeiro bar enxugo um conhaque duplo. Mais três latinhas de cerveja pra rebater. A cabecinha a mil. Muito agito, não consigo relaxar.

E, na despedida, como é mesmo? que eu falei pro anjo redentor:

— Estudo de manhã. Trabalho o dia inteiro. E me permito um fuminho à noite.

— ...

— O advogado bebe uísque, né? E eu?

— ?

— Eu puxo o meu baseado.

Um fuminho. Um fuminho. Minha moto por um fuminho. Ali mesmo no bar descolo uma bucha. Única maneira de esquecer essa maldita intriga.

Sombras arregalam os olhos nos cantos, anoitece. Sete horas, porra. A longa viagem de volta pra casa. Em pé no ônibus malcheiroso. Era ele ou era eu? Na testa o suor gélido da tortura de segundo grau.

Nauseado, salto no meio do caminho. Ao passar diante da pracinha resolvo entrar. Em comunhão com a natureza, aspiro o ar fresco do bosque. Me purifica de todas as maldades do dia de cão.

Espio dos lados, ninguém. Enrolo e acendo uma ponta. Trago fundo, retenho a fumaça.

Afinal, a paz. Pernas e braços abertos. Cara pro céu. Olhe a ciranda das nuvenzinhas que alegremente cantam de mãos dadas. Cantam só pra mim.

Uma janela acende no oco da escuridão. A primeira estrela piscante lá no alto. Pisca só pra mim. No vasto mundo apenas eu e ela. Essa estrelinha perdida sou eu.

Epa, lírico e livre. Não mais aporrinhado, chateado, estressado. Liberto por mim. Não pelo delegado Roncador... Isto é, investigador.

Curtindo o maior barato. Só me falta a doce Patricinha com suas prendas domésticas. Que mau passo a terá levado? Um picote agora ia bem.

Ei, mermão, e que tal se...?

Ideia sinistra demais. O raio não cai duas vezes. A suprema perfídia. Última falseta do Edu? Migué? Popov?

Não. Deus existe, sim. De verdade. Não permitirá essa nova traição. Não comigo, um cara legal. Seria o fracasso de todas as esperanças. Fim da carreira.

A segunda descida. Direto ao inferno. E no mesmo dia.

Pronto se acende o farol cegante às minhas costas. O berro forte e grosso da autoridade maior:

— Quietinho aí, malaco!

Tropel de passadas truculentas no cascalho.

— Mão na cabeça!

Sem me voltar, eu sei. As botas negras ou pretas da todo-poderosa Polícia Militar.

Este livro foi composto na tipologia Minion, em
corpo 13/19, e impresso em papel off-set 90g/m²
no Sistema Cameron da Divisão Gráfica
da Distribuidora Record.